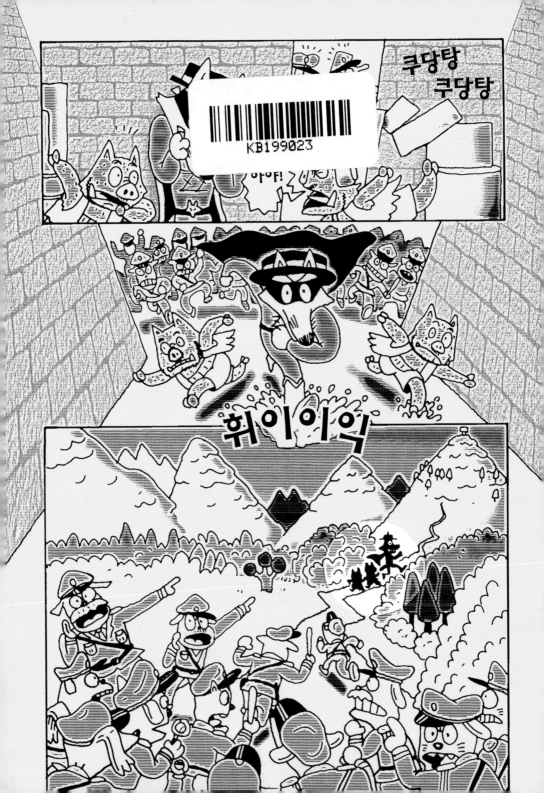

장난천재 괴걸 조로리

㉑ 스키 점프점프

하라 유타카 글·그림

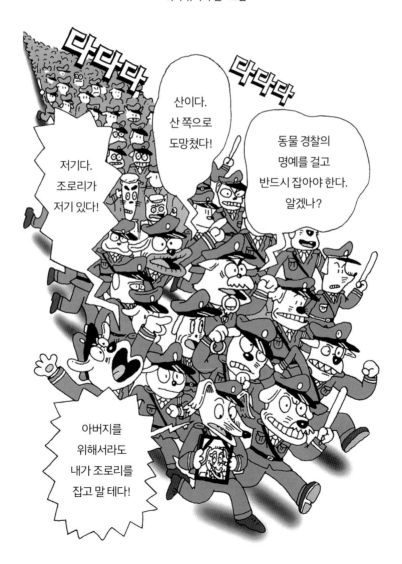

오늘 조로리 일행은 여느 날처럼
노래를 부르고 있을 때가 아니네요.
보다시피 수많은 경찰관을 피해
산으로 도망치느라 바쁩니다.

이 산을
완전히
둘러싸라.

도망치지
못하게
철통같이
지켜라!

십 대를 위한 을파소 인문학 시리즈

질문으로 시작하는 십 대를 위한 인문학 시리즈

각종 추천도서 선정, 관련 단체가 주목하고 권하는 책!
꼭 한 번쯤 고민해 보았을 질문으로 시작하는
자신만의 답을 찾아가는 십 대를 위한 인문학

★ 2023 올해의 청소년 교양도서 추천도서
★ 2022, 2017, 2014 세종도서 교양부분 선정
★ 2022, 2015, 2014 아침독서 청소년 추천도
★ 2021 한한사(구 한국학교사서협회) 추천도서
★ 2019 우수과학도서
★ 2018 우수 식생활 교육도서
★ 2016 청소년 북토큰 중학생 선정도서
★ 2014 대한출판문화협회 올해의 청소
★ 2013 문화체육관광부 우수교양도서
★ 한국출판문화산업진흥원 청소년 권

미래를 살아갈 아이들에게 새로운 기준과 시선을 제시하는 인문교양 시리즈

나를 지키는
괜찮은 생각

1. 동의

전 세계 20개국 베스트셀러
이제 모두가 동의에 관해
이야기 해야 할 때!

레이첼 브라이언 지음 | 노지양 옮김

2. 걱정 덜어내는 책

이 책은 걱정하는 사람들을
위한 책입니다.
(우리 모두를 위한 책이지요!)

레이첼 브라이언 지음 | 노지양 옮김

3. 가짜 뉴스

"이 뉴스는 진짜일까, 가짜일까?"
가짜 뉴스를 구별하는
10가지 방법!

엘리즈 그라벨 지음 | 노지양 옮김

4. 철학 안경

서울대 교수진 추천!
생각하는 방법을 알려주는
어린이 첫 철학책

스가하라 요시코 외 지음 | 오지은 옮김

서울대
교수진
강력 추천

어린이
철학교육연구소
선정도서

현직
초등교사 50인
평점 4.84

어린이
사전평가단
평점 4.94

5. 양자물리학으로 풍덩!

차세대 리더가 될
어린이를 위한
교양 과학 그림책

로베르트 뢰브 지음 | 유영미 옮김

소원요정 춘식이 with 라이언

대한민국 대표 캐릭터 카카오프렌즈 춘식이의
첫 번째 어린이 판타지 동화!

**대한민국 대표 명랑 순정 만화가, 김나경 작가가 그리는
어디로 튈지 모르는 '소원 요정' 춘식이와 라이언의 귀여운 스토리를 만나세요!**

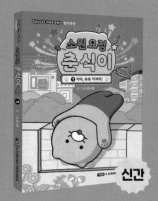

춘식이에게 소원 빌러 가기
(내가 빈 소원을 춘식이가
들어줄 수도 있어요!)

교보문고, 예스24, 알라딘 등
온라인 서점 및 전국 오프라인 서점에서
2024년 12월 18일부터 만나실 수 있습니다.

〈소원 요정 춘식이 with 라이언〉
시리즈는 계속됩니다.

이율북 × KAKAO FRIENDS © Kakao Corp.

경찰들은 손을 잡은 채
산 아래를 빙 둘러싸고
한 발 한 발 산꼭대기를 향해
올라갔습니다.

조로리 일행은 도망칠 곳이
더는 없었습니다.
과연 조로리는
어떻게 될까요?

걱정하지
마세요.
조로리는
산꼭대기
푯말을 떼어 내
두개로
쪼개어

한쪽에는 이시시를,
다른 쪽에는 노시시를
꽁꽁 묶었습니다.

쿠―웅

조로리가
탄 스키는
가파른 비탈 때문에
속도가 엄청 빨랐겠죠?

방어벽을 단단하게 치고

기다리던 경찰들은

마치 볼링 핀처럼 사방으로 넘어졌습니다.

조로리는 계속 빠르게 미끄러져 내려갔어요.

그런데 조로리 일행 앞에 나타난 것은

우앗,
성공이다.

동계 올림픽
스키 점프
경기장이었어요!
조로리는
점프대에서 힘차게
날아올랐습니다.

어라,
어디선가
본 듯한….

우리 회사
아이스크림으로
만든 점프대
라고요.

슈우-웅, 사뿐!

수많은 관중이 지켜보는 가운데

조로리 일행은 멋지게 착지했습니다.

게다가 세계 신기록을 가볍게 뛰어넘었어요.

경기를 지켜보던 관중들이 술렁거렸습니다.

"세, 세계 신기록입니다.

어느 나라 선수인가요?

이건 역사에 남을 대단한 점프입니다."

흥분한 아나운서가
소리를 질렀어요.

"뭐야. 가짜 선수였어?"

떠들썩하던 관중들도 조용해졌습니다.

조로리 일행은 얼굴을 가리고

후다닥 경기장을 빠져나갔습니다.

"진짜 선수였다면
틀림없이 금메달을
받았을 건디."

이시시가 아깝다는 듯이
말하자 조로리가 소리쳤어요.
"이 멍청아. 우린 지금 경찰에게
쫓기는 신세라고.
금메달을 받게 되면 '우리 지금 여기
있습니다!'라고 알려 주는 꼴이잖아.
실격된 걸 오히려
고맙게 생각해야 된다고!"
조로리가 안심하던 그때였습니다.

① 조로리 가까이에 있는 문에서
손이 스윽 나와

② 조로리 팔을 잡더니

③ 문 안쪽으로 잡아당겼어요.

조로리
사부님!

앗!

④ 이시시와 노시시가
허둥대며 문고리를
힘껏 잡아 당겼어요.
그러자

저의 스키 점프
코치님이 되어 주세요.
제발
좀 전에 보여 준
멋진 점프를 저에게
가르쳐 주세요.
꼭 부탁드립니다.

방 안에는
깡마르고
키가 큰 청년이
조로리 앞에
무릎을 꿇고 있었습니다.

어이, 왜 이래?
넌 이미 스키 점프 선수로
참가한 거잖아?
그리고 동계 올림픽은
벌써 시작됐는데,
이제 와서 점프를
가르쳐 달라니
무슨 소리야?

청년은 그 이유를
이렇게 말했습니다.

그래서
무조건 선수를
내보내기로
결정했지요.

하지만 보스케는
일 년 내내 뜨거운 태양만
내리쬐는 남쪽 섬이라
눈이 내린 적도 없습니다.
그런데

농구 선수 중에서
점프를 잘한다는
이유로 갑자기

제가
스키 점프
선수로
뽑혔어요.

게다가

"그, 그런 말도 안 되는……."

"그렇죠? 제가 금메달을 따지 못하면

두 번 다시 부모님을 만날 수 없어요.

제발 좀 전에 성공한 그 멋진 점프를

저에게 가르쳐 주세요.

내일 경기에서 꼭 금메달을 딸 수 있게

도와주세요."

단쿠는 눈물을 글썽이며

조로리의 손을 부여잡고 부탁했습니다.

"그런 나쁜 왕이 있단 말이냐!

그건 너무해!"

엄마를 만날 수 없는 슬픔을 누구보다

잘 아는 조로리는

자신도 모르게 눈물을 흘리며 말했습니다.

"이 몸에게 맡겨라.

금메달을 꼭 목에 걸게 해 주겠다!"

그러나 조로리도 방금 처음으로

점프를 해 보았습니다.

도대체 어떻게 가르쳐야 할까요?

이시시와 노시시는 어찌할 바를 몰랐습니다.

그때 누군가 문을 쾅쾅 두드리면서

소리쳤습니다.

"이곳에 조로리가 숨어 있나요?"

틀림없이 경찰일 겁니다.

 "조로리 사부님, 어쩌지유?"

 "이거 참, 큰일이네."

 "누군가에게 쫓기고 있나요?"

 "아, 그게 말이지. 내가 점프를 잘하니까
다들 코치를 해 달라고 난리야.
경찰을 풀어서 나를 찾는 나라도 있다고.
정말 귀찮군."

조로리가 힘들다는 듯이 말했습니다.
"뭐라고요? 다른 나라에서도 코치님을
찾는다고요? 큰일이군요."
단쿠가 서둘러 조로리 일행을 데리고
뒷문을 통해 밖으로 나오자

컬링 경기의 간단한

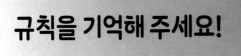

규칙을 기억해 주세요!

③ 스톤을 하우스 중심에 가장 가깝게 세우는 팀이 이깁니다.

☆ 네 명이 한 팀이 되어 경기를 벌입니다. 두 팀이 16개의 스톤을 번갈아 던져 하우스의 중심 가까이에 세워야 합니다.

하우스

☆ 상대팀이 던진 스톤에 우리 스톤을 맞춰 하우스 안에 넣을 수 있어요.

☆ 하우스 안에 있는 상대팀의 스톤을 쳐 내어 방해하기도 해요.

조로리 사부님, 한가하게 이럴 때가 아닌 것 같은디유. 경찰들이 우리를 잡으러 왔어유. 빨리 도망가유.

아프겠지만
조금만
참아!

그때

갑자기 단쿠가

커다란 나무망치로

이시시와 노시시의 머리를

내려치려는 게 아니겠어요?

"이봐, 너희 혹시
조로리와 멧돼지 형제가
이쪽으로 오는 걸 못 봤나?"
경찰이 다가왔습니다.
"우리는 지금 중요한 경기를 위해
집중하고 있는데 방해하면 어떻게 해요?
당장 가 줘요."
단쿠가 씩씩거리며 화를 내자

경찰은 미안하다는 듯이
다른 곳으로 달려갔습니다.
이제 컬링의 스톤을 잘 보세요.
그건 나무망치에 맞아 납작해진
이시시와 노시시예요.
경찰을 속이기 위한
단쿠의 작전은
대성공이었습니다.

"조로리 코치님, 여기는 경찰들이

어슬렁거려서

마음을 놓을 수가 없어요.

제가 선수인 척하고

이시시 씨와 노시시 씨를

문 쪽으로 힘껏 던질게요.

조로리 코치님은 저기 열려 있는 문까지

이 빗자루로 얼음 바닥을 문질러서

이시시와 노시시 씨와 함께 도망치세요.

저는 나중에 뒤따라가겠습니다.”

조로리는 스톤이 지나갈
방향으로 빗자루를
열심히 문질렀습니다.

이시시 스톤에
부딪혀서

자,
간다!

셋은 다함께
문 쪽으로
쏜살같이

가지 못하고
이시시 스톤과
노시시 스톤은
딱 멈추고 말았어요.

헉!
큰일 났네.

이시시 스톤과 노시시 스톤은

얼떨결에 문 쪽으로 뛰어나갔어요.

"저길 봐! 스톤에 발이 달렸어."

"웃긴다, 하하하."

경기장이 술렁거리자 경찰들이 눈치를 채고

서둘러 뒤쫓았습니다.

"헤헤헤, 헛수고라고.

이제야 알아채다니 너무 늦었어."

조로리 일행은 유유히 밖으로 뛰쳐나갔어요.

39

조로리가 그늘진 곳에서

이시시와 노시시의

오그라든 몸을 원래대로

돌려 놓으려는 때였어요.

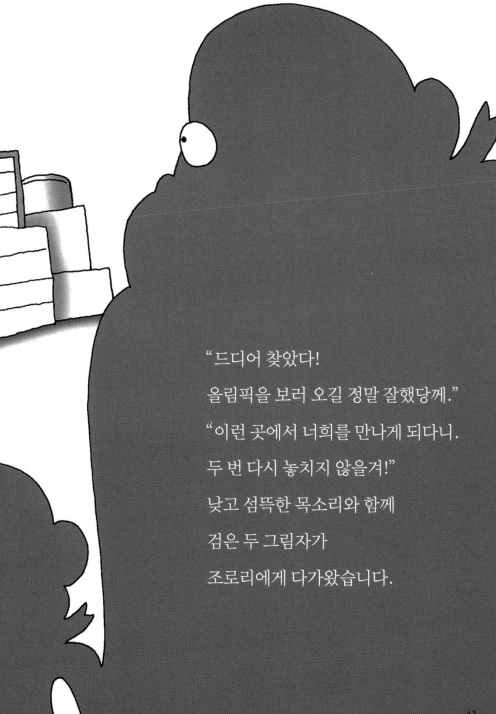

"드디어 찾았다!

올림픽을 보러 오길 정말 잘했당께."

"이런 곳에서 너희를 만나게 되다니.

두 번 다시 놓치지 않을겨!"

낮고 섬뜩한 목소리와 함께

검은 두 그림자가

조로리에게 다가왔습니다.

그림자의 정체는 바로 닌자 이인조였습니다.

조로리는 예전에 닌자들의 돈을 떼어먹고

도망쳤습니다.

닌자들은 돈을 받으려고 오랫동안

조로리 일행을 찾아다녔어요.

"빨리 돈을 갚아라!"

"우린 돈이 한 푼도 없는데 어떻게 갚아?"

그러자 큰 닌자가 두꺼운 팔로

조로리를 붙잡고 말했어요.

"그래? 그럼 경찰한테 넘기는 수밖에

없구먼."

닌자들이 조로리 일행을 끌고 가려고

할 때였습니다.

☆ 닌자들의 이야기는
   장난천재 쾌걸 조로리
   ≪닌자 수업≫편에
   자세히 나와요.
   궁금한 친구는 읽어 보세요.

"이봐, 스피드 스케이팅 선수!

곧 경기가 시작되는데 뭐해?"

올림픽 경기 진행 위원이 닌자들에게 말했어요.

"아니여! 우리는 선수들이 아니랑께!"

"스피드 스케이팅 유니폼을 입고 있으면서

무슨 소리야?

서두르지 않으면 실격 당한다고!"

경기 진행 위원들이 양쪽에서

닌자들의 팔짱을 끼고 말했어요.

"경기장이 넓으니까 길을 잃어버리는

선수들이 많아 큰일이군."

그러고는 닌자들을 데리고 가 버렸습니다.

"휴우, 살았다!"

조로리가 한숨 돌리고 있을 때였어요.

단쿠가 급하게
달려와 말했습니다.

"조로리 코치님,
쉬고 있을 때가
아니에요.
경찰들이
코앞까지 와 있어요.
빨리 따라오세요."

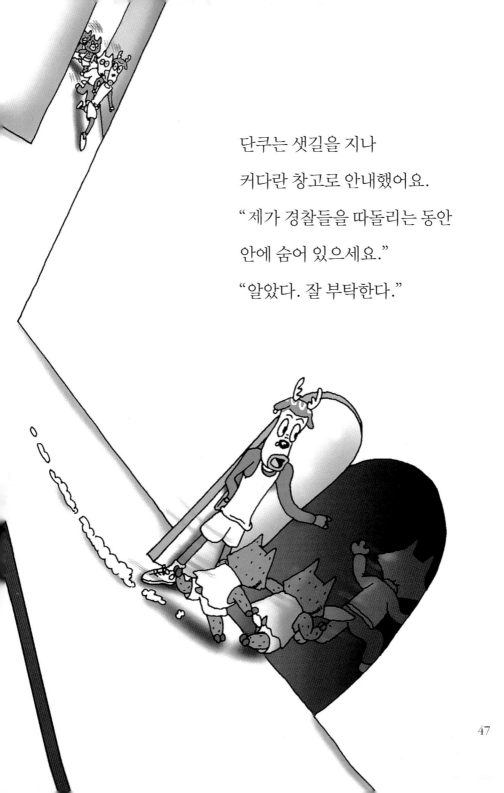

단쿠는 샛길을 지나

커다란 창고로 안내했어요.

"제가 경찰들을 따돌리는 동안

안에 숨어 있으세요."

"알았다. 잘 부탁한다."

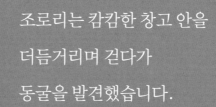

조로리는 캄캄한 창고 안을

더듬거리며 걷다가

동굴을 발견했습니다.

"오호! 우리 셋이 들어가도 넉넉하겠는데?

이거 정말 안성맞춤인걸!"

조로리 일행은 동굴에 숨어서

단쿠가 데리러 올 때까지

기다리기로 했습니다.

덜컹!

"조로리 코치님,

이제 나오셔도 되…… 어라?"

단쿠가 창고 문을 열자

어떤 선수들이 반대쪽 문으로 썰매 한 대를

나르고 있었어요.

그곳은 봅슬레이 썰매를 보관해 두는

창고였습니다.

단쿠는 조로리를 찾으려고

온 창고를 뒤졌지만 어디에도 없었어요.

그럴 수밖에 없지요.

조로리 일행이 숨은 동굴은

지금 바로 옮겨지는 봅슬레이

썰매였으니까요.

4인 봅슬레이 경기 설명

봅슬레이 경기를 모르는 사람들은 기억해 두세요.

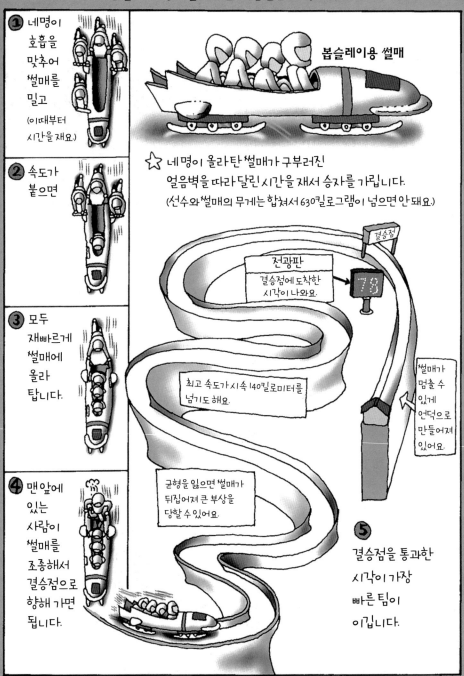

① 네명이 호흡을 맞추어 썰매를 밀고 (이때부터 시간을 재요.)

② 속도가 붙으면

③ 모두 재빠르게 썰매에 올라 탑니다.

④ 맨 앞에 있는 사람이 썰매를 조종해서 결승점으로 향해 가면 됩니다.

봅슬레이용 썰매

☆ 네명이 올라탄 썰매가 구부러진 얼음벽을 따라 달린 시간을 재서 승자를 가립니다. (선수와 썰매의 무게는 합쳐서 630킬로그램이 넘으면 안돼요.)

결승점

전광판
결승점에 도착한 시각이 나와요.

73

썰매가 멈출 수 있게 언덕으로 만들어져 있어요.

최고 속도가 시속 140킬로미터를 넘기도 해요.

균형을 잃으면 썰매가 뒤집어져 큰 부상을 당할 수 있어요.

⑤ 결승점을 통과한 시각이 가장 빠른 팀이 이깁니다.

우선 선수들이 썰매를 힘껏 밀어 도움닫기를 합니다.
썰매에 속도가 붙었을 때

다다다 다다다

선수들이 올라탑니다. 그제야 선수들은 썰매에
누군가가 이미 타고 있다는 사실을 알아챘습니다.

타타타닥

맨 뒤의 선수가
노시시를 끌어내리려고
다리를 잡아당겼어요.
하지만……

속도가 붙은 썰매를

멈출 수가 없었습니다.

선수들은 모두 뿔뿔이 튕겨 나갔어요.

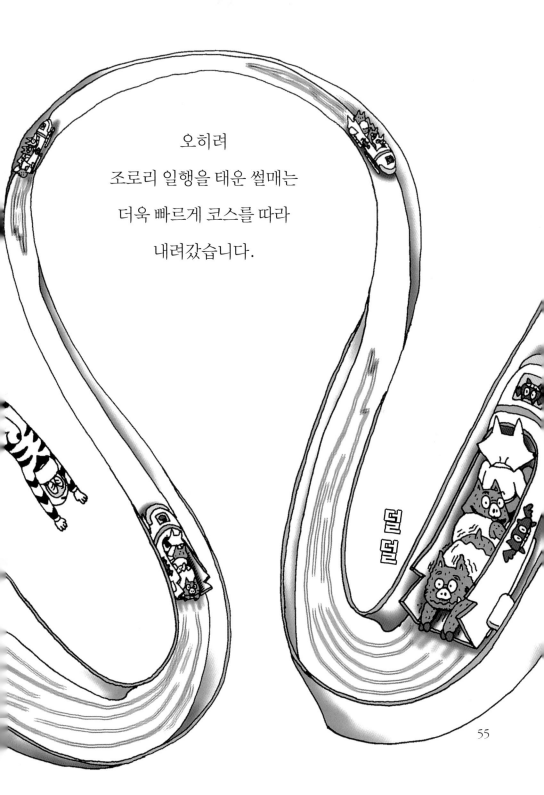

오히려

조로리 일행을 태운 썰매는

더욱 빠르게 코스를 따라

내려갔습니다.

덜
덜

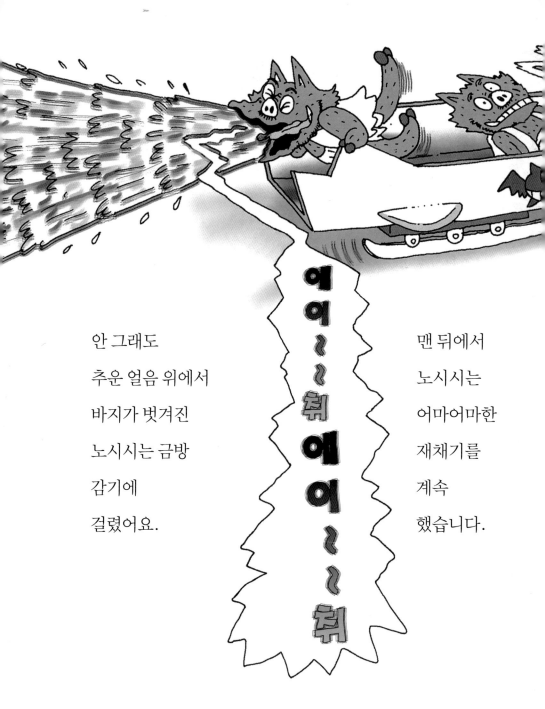

안 그래도
추운 얼음 위에서
바지가 벗겨진
노시시는 금방
감기에
걸렸어요.

맨 뒤에서
노시시는
어마어마한
재채기를
계속
했습니다.

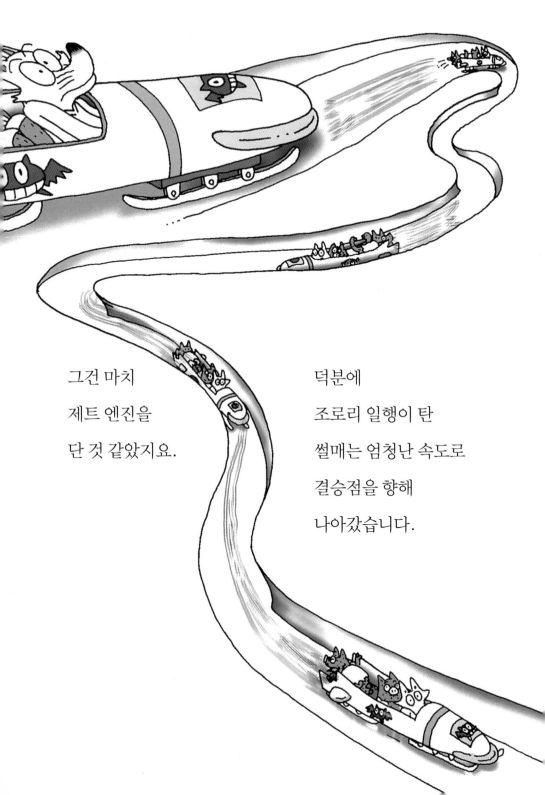

그건 마치
제트 엔진을
단 것 같았지요.

덕분에
조로리 일행이 탄
썰매는 엄청난 속도로
결승점을 향해
나아갔습니다.

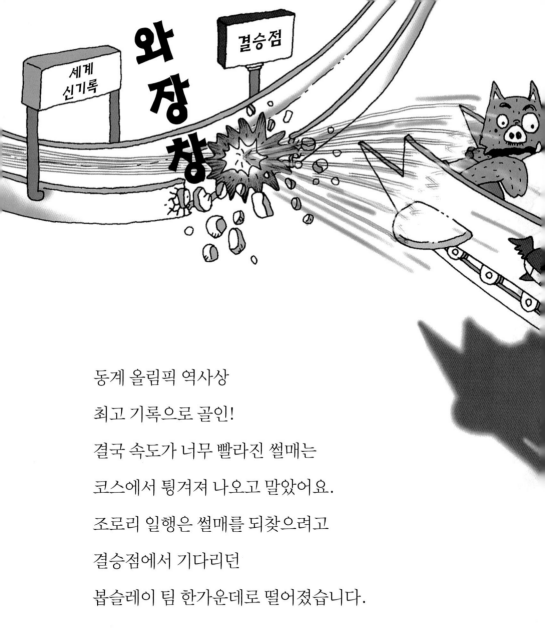

동계 올림픽 역사상

최고 기록으로 골인!

결국 속도가 너무 빨라진 썰매는

코스에서 튕겨져 나오고 말았어요.

조로리 일행은 썰매를 되찾으려고

결승점에서 기다리던

봅슬레이 팀 한가운데로 떨어졌습니다.

봅슬레이
선수들이
기절한
틈을 타

조로리 일행은 서둘러 도망쳤습니다.
또다시 생각지도 않게
엄청난 기록을 세웠기 때문입니다.
신문 기자들과 카메라맨들이 틀림없이
몰려들 겁니다.
또 이런 소동에 휘말리면 큰일입니다.

조로리 일행이 멀리 도망쳤을 때

카메라맨들과 기자들이 봅슬레이 선수들에게

우르르 몰려들었습니다.

"정말 대단한 기록을 세우셨군요."

"어떤 방법을 이용한 건가요?"

질문이 끊임없이 쏟아졌어요.

하지만 기절했던 선수들은

무슨 일이 일어난지도 모른 채

멍하니 앉아 있었습니다.

한편, 조로리 일행은
단쿠의 대기실로
돌아와 텔레비전을
보았어요.

그런데 좀 전의 봅슬레이 팀이
어리둥절한 표정으로 시상대 위에서
금메달을 목에 걸고 서 있었습니다.

“부럽다. 조로리 코치님이 저 팀에게
금메달을 선물한 거나 마찬가지네요.
내일 경기에서 제 목에도
금메달을 걸게 해 주실 거죠,
조로리 코치님?”
단쿠는 애원하는 눈빛으로
조로리를 바라보았습니다.

암, 물론.
물론이지.
내일 아침까지
확실한 작전을
세워 둘 테니
너는 내일 있을
경기를 위해
빨리 자도록
해라.

하지만 잠이 들면 꿈속에서
왕이 나타나 '금메달을 따라,
따지 못하면 용서하지 않겠다!'며
무서운 얼굴로 쫓아와요.
그게 너무너무 무서워서….

엄마야!

"왕 사진 같은 걸

갖고 있으니 꿈속에 나오는 거야.

사진은 이 몸이 맡아 두지."

조로리는 단쿠에게 사진을 빼앗으며

말했습니다.

"이제 이 몸이
옆에 있으니
아무 걱정 말고
편안히 자라."
단쿠는 조로리의
믿음직한 말에
안심하고 침실로
들어갔습니다.

단쿠가 코를 골기
시작하자 노시시가
말했습니다.
"단쿠가 잠이 들면
몰래 빠져나가려는
작전이지유?
좋은 생각이네유.
조로리 사부님!"

새근 새근 새근 새근

"멍청아!

이 몸이 엄마를 못 만나게 될지도 모르는

청년을 내팽개치고 도망갈 거라고 생각하냐?

아침까지 단쿠가 금메달을 딸 수 있는 방법을

꼭 생각해 낼 거라고!"

조로리는 정말로 진심이었어요.

"먼저 우리가 어떻게 그런 엄청난 점프를

해냈는지 생각해 보자."

조로리가 이렇게 말하자

이시시와 노시시가 대답했어요.

"경찰을 피하기 위해

열심히 도망쳤기 때문인디유."

"그래유. 누구라도 싫거나 무서운 게

쫓아오면 능력이 나오잖아유!"

"흐음, 네 말이 맞다.

그렇다면 단쿠가 싫어하는 게 뭐지?"

조로리가 생각에 잠겨 있는데

이시시가 끼어들었습니다.

"봅슬레이 할 때의 속도로 점프대에서

날아오른다면 정말 멀리 날아갈 텐디⋯⋯."

"게다가 노시시의 재채기 덕분에
엄청난 속도를 냈잖아."

 "당장 단쿠를 감기에 걸리게 하고
거꾸로 점프를 시키는 건
무리일 것 같은디……."

 "아, 등에서 재채기가 나오면
얼마나 좋을까."

이시시 말에
셋은 동시에
번뜩이는
아이디어가
떠올랐어요.
그러고는
동시에
소리를
질렀습니다.

조로리 퀴즈

☆ 셋은 뭐라고 소리를
질렀을까요?

힌트

① 셋이 모두 잘하는 것
② 조금 지저분한 행동

• 답을 아는 친구들은
다음 페이지를
넘기자마자 큰 소리로
말해 보세요.

방귀다!

그렇습니다.
그동안
조로리 일행은
방귀 덕분에
힘든 일을
무사히 넘긴 적이
여러 번
있었답니다.

'방귀'의 빛나는 활약은
장난천재 쾌걸 조로리
《수수께끼의 외계인》 편
《닌자 수업》편을
읽어 보면 자세히 알 수 있어요.

이 작전이라면 조로리는 자신이 있었어요.

조로리는 곧바로 단쿠의 지갑에서 돈을 빌려

방귀가 잘 나오게 하는 음식 재료를

사러 나갔습니다.

조로리 일행은 날이 밝을 때까지

부엌에 틀어박혀 요리를 만들었습니다.

다음 날 아침 식탁에 콩, 호박,
감자, 고구마 요리가 올라왔습니다.

 "조로리 코치님이 이걸 배불리 먹고
경기에 나가면 금메달을 딸 수
있을 거라고 했어."

 "그런데 코치님은 어디 가셨나요?"

감자 그라탱

감자샐러드

경단

맛탕

삶은 호박

감자
조림

호박
푸딩

호박파이

팥고물
떡

단팥
죽

찐 고구마

"승리를 위해서 할 일이 남았다며
뛰어나가셨는디."

 "진심으로 저를 도와주고 계시군요.
정말 고맙습니다."

단쿠는 조로리의 기대를 져버리지 않으려고
가리지 않고 모두 먹어 치웠습니다.

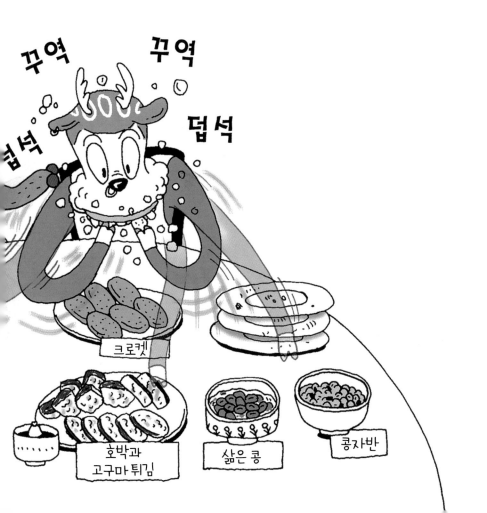

배가 불룩해진 단쿠에게 이시시가
말했어요.
"점프를 하는 순간 배에
힘을 꽉 줘야 혀."
"그럼 마법의 힘이 너를 금메달로
이끌어 줄 거여. 알겠지?"
이시시와 노시시는 마주보며
빙긋 웃었습니다.

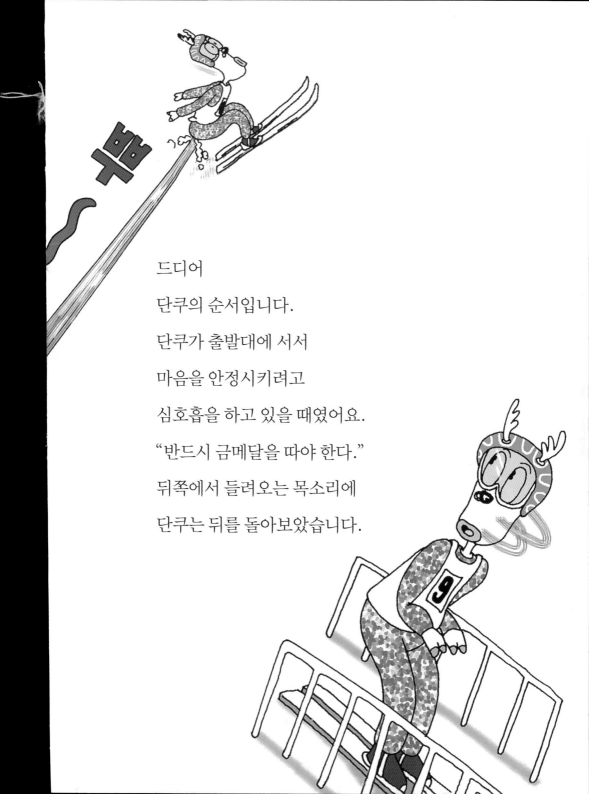

드디어

단쿠의 순서입니다.

단쿠가 출발대에 서서

마음을 안정시키려고

심호흡을 하고 있을 때였어요.

"반드시 금메달을 따야 한다."

뒤쪽에서 들려오는 목소리에

단쿠는 뒤를 돌아보았습니다.

그곳에는 무서운 얼굴을 한

왕이 서 있는 게 아니겠어요?

"금메달을 못 따면 용서하지 않겠다!"

왕이 무시무시한 목소리로

소리를 지르면서

단쿠에게 다가왔습니다.

"엄마야!"

벌벌

무서워!
끔찍한 꿈이
정말로 현실이
되다니!

단쿠는 무서워서
벌벌 떨며
도망치듯이
출발했습니다.

☆ 점프대 위는 눈이 아니라
부르르 제과의 아이스크림으로
만들어졌습니다. 올림픽
위원회에서 인정한 부르르
아이스크림을
잊지 말아 주세요.

부르르
사장

81

부우웅!

무섭고 싫은 것을 피하려는 마음이

단쿠에게 엄청난 힘을 내게 했습니다.

"우아, 대단한 점프입니다.

잘 알려지지 않은 남쪽 나라 선수가

이렇게 훌륭한 점프를 보여 주리라고는

아무도 예상하지 못했습니다.

대단한 기록이 나올 것

같습니다."

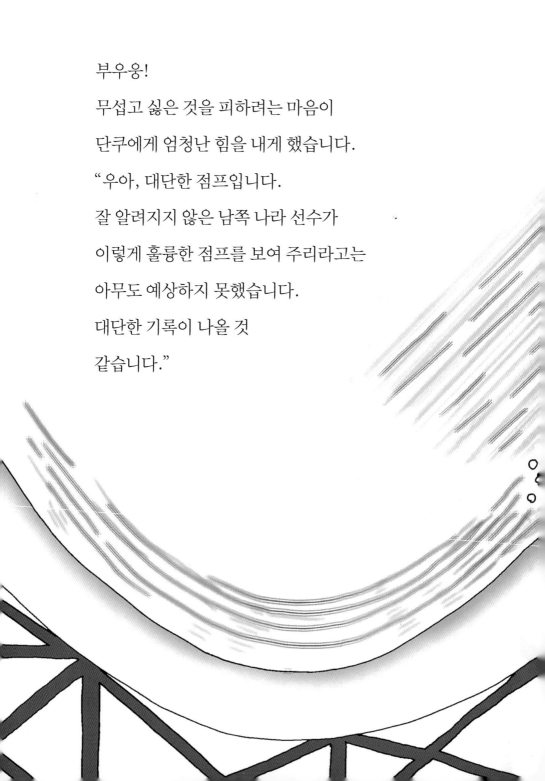

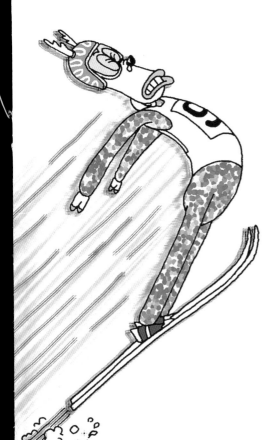

아나운서는
마이크를 꽉 잡고
흥분을 감추지 못하며
소리를 질렀어요.
하지만 단쿠에게는
좋은 기록 같은 건
의미가 없었습니다.
그가 원하는 것은 오로지
금메달뿐이었어요.
그런데……

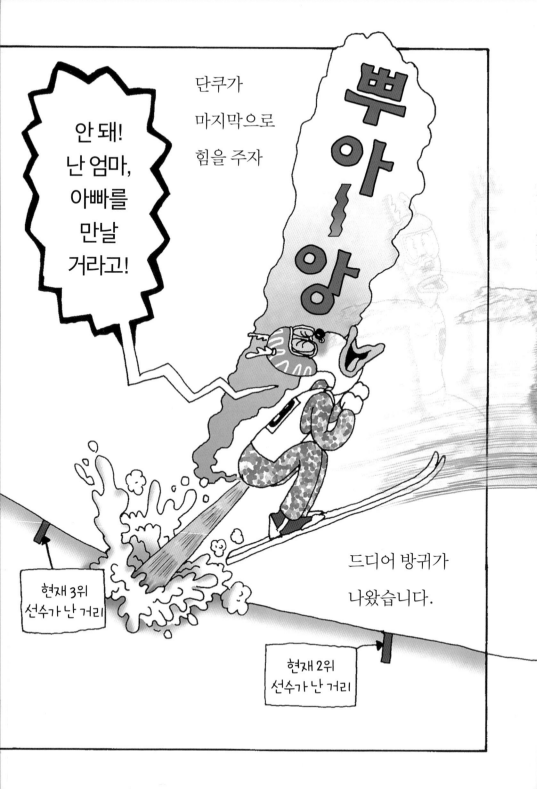

"아무도 몰랐던 작은 왕국,

보스케의 선수가 놀라운

세계 신기록을 세웠습니다.

올림픽 역사에 길이 남을

순간입니다."

수많은 방송국의 리포터들과

신문기자들이 단쿠를 둘러쌌습니다.

경기장은 흥분에 휩싸였습니다.

단쿠는 이제 부모님을
만날 수 있다고 생각하니
눈물이 흘러내렸어요.
조로리 코치님에게 감사의 말을 하려고
눈물이 잔뜩 고인 눈으로 주위를
둘러보았지만 조로리는 어디에도
없었습니다.

보스케 왕국의 국가가 울려 퍼지고
단쿠는 시상대의 가장 높은 곳에
서 있었습니다.
그 모습을 멀리서 바라보며
조로리는 가면을 벗었습니다.

짝 짝 짝 ┤

"계획대로 돼서 다행이군."

셋은 고개를 끄덕이며

몰래 올림픽 경기장을 빠져나왔어요.

하라 선생님의 축하 인사말

한국 어린이 여러분, 안녕하세요.

《장난천재 쾌걸 조로리 시리즈》작가 하라 유타카입니다.

저는 어린이들이 계속 보고 싶어 하는

재미있는 책을 만들고 싶어서《장난천재 쾌걸 조로리》를

쓰기 시작했습니다.

일본에서는 책읽기를 싫어하던 어린이들도 이 책을 읽은 후부터

다른 책도 읽게 되었다고 합니다.

한국 어린이들도 꼭 재미있게 읽어 주면 좋겠습니다. 잘 부탁해요.

하라 유타카

글쓴이 소개

하라 유타카 (原ゆたか)

1953년 구마모토 현에서 태어났다.

1974년 KFS콘테스트 고단샤 아동도서부문상 수상.

주요 작품으로는《자그마한 숲》,《마탄은 마사오군》,《장갑 로켓의 우주 탐험》,《나의 보물 나막신》,《푸우의 심부름》,《내 것도 아빠 것처럼 되는 걸까?》,《시금치맨》시리즈 등이 있다.

옮긴이 소개

오용택 (吳龍澤)

일본대학교 예술학부 방송학과를 졸업하고 중앙대학교 신문방송대학원을 졸업했다.

중앙대학교 외국어아카데미에서 일본어를 강의했다.

그 외 카피라이터로 활동 중이며 아이들을 위한 좋은 책을 기획, 번역하고 있다. 옮긴 책으로는 《건강한 삶, 건강한 기업》등이 있다.

글·그림 하라 유타카
옮김 오용택

개정판 1쇄 인쇄 2024년 12월 1일
개정판 1쇄 발행 2024년 12월 11일

펴낸이 김영곤 펴낸곳 (주)북이십일 을파소
기획편집 이장건 김의헌 박예진 박고은 서문혜진 김혜지 이지현
아동마케팅 장철용 양슬기 명인수 손용우 최윤아 송혜수 이주은
영업 변유경 김영남 강경남 황성진 김도연 권채영 전연우 최유성
해외기획 최연순 소은선 홍희정
디자인 임민지 제작 이영민 권경민

출판등록 2000년 5월 6일 제406-2003-061호
주소 (우 10881) 경기도 파주시 회동길 201(문발동)
연락처 031-955-2100(대표) 031-955-2109(기획편집)
팩스 031-955-2122 홈페이지 www.book21.com

ISBN 979-11-7117-742-4 74830
ISBN 979-11-7117-605-2 (세트)

다양한 SNS 채널에서 아울북과 을파소의 더 많은 이야기를 만나세요.

인스타그램
@owlbook21

페이스북
@owlbook21

네이버카페
owlbook21

네이버포스트
아울북 and 을파소

• 제조자명 : (주)북이십일
• 주소 및 전화번호 : 경기도 파주시 회동길 201(문발동) / 031-955-2100
• 제조연월 : 2024.12.
• 제조국명 : 대한민국
• 사용연령 : 8세 이상 어린이 제품

かいけつゾロリのきょうふの大ジャンプ
Kaiketsu ZORORI no Kyofu no Dai Jump
Text & Illustraions©1997 Yutaka Hara
All rights reserved.
Original Japanese edition published in Japan in 1997 by Poplar Publishing Co., Ltd.
Korean translation rights arranged with Poplar Publishing Co., Ltd.
Korean translation copyright©2024 by Book21 Publishing Group.

기뻐하는 보스케 왕국의 단쿠 선수

해내다!
보스케 왕국의 단쿠 선수, 스키 점프 금메달 획득!

보스케 국왕

얼마 전에 생겨 아무도 몰랐던 왕국, 보스케가 사람들의 관심을 받고 있다. 보스케는 더운 나라여서 스키 연습조차 제대로 하기 어려운 곳인데 단쿠 선수가 스키점프 종목에서 금메달을 땄기 때문이다. 단쿠 씨(21)는 농구 선수에서 갑자기 스키점프 선수로 뽑혔는데 대단한 결실을 이루어 냈다.

단쿠, 인권문제

단쿠 선수의 "부모님을 만날 수 없을까 봐 꼭 해내야 했다."라는 말이 얘깃거리가 되었다. 수단과 방법을 가리지 말고 금메달을 따 오라고 윽박지른 보스케 국왕의 말이 인권 문제로 불거진 것이다. 보스케 국왕은 서둘러 기자회견을 열어 이렇게 말했다. "보스케를 전 세계에 알리고 싶은 생각이 앞서 단쿠에게 심한 말을 하고 말았다. 이제 보스케도 전 세계에 이름이 알려져 국제 사회에 참여할 수 있게 되었다. 앞으로는 전 세계에 부끄럽지 않게 국민을 최우선으로 생각하는 바른 정치를 하겠다." 단쿠 선수는 "이 금메달을 딸 수 있었던 것은 모두 조로리 코치님 덕분입니다. 경기 후에 바람처럼 사라져 감사의 말씀을 전하지 못한 것이 마음에 걸립니다."라는 말을 남기고 보스케 왕국으로 돌아갔다.

올림픽 뒷이야기

조로리 코치와 이름이 같은 악당 조로리가 올림픽 경기장으로 숨어들었는데 경찰들이 놓치고 말았다.